Le père Goriot

FichesdeLecture.com

I. INTRODUCTION

L'auteur

L'œuvre

II. RÉSUMÉ DU ROMAN

III. PRÉSENTATION DES PERSONNAGES

Eugène de Rastignac

Le père Goriot

Delphine de Nucingen

Anastasie de Restaud

Madame Vauquer

Victorine Taillefer

Mme Couture

Vautrin

M. Poiret

Mlle Michonneau

Charles le peintre

Christophe

Sylvie

Vicomtesse Clara de Beauséant

Duchesse Antoinette de Langeais

Famille d'Eugène de Rastignac

Horace Bianchon

Maxime de Trailles

De Marsay

Marquis Miguel d'Ajuda-Pinto

Comte de Restaud

Baron de Nucingen

Thérèse et Constance

Gondureau

Franchessini

Gobseck

IV. AXES DE LECTURE

La Comédie Humaine

La conquête sociale : le cas de Rastignac

Trompe-la-Mort : un personnage romanesque caricatural

La Maison-Vauquer : un microcosme

Les vices de la haute société

Un roman de sous-intrigues

DANS LA MÊME COLLECTION EN NUMÉRIQUE   **23**

À PROPOS DE LA COLLECTION   **27**

Le père Goriot
(Fiche de lecture)

I. INTRODUCTION

L'auteur

Honoré de Balzac (1799-1850) est un romancier français, notamment reconnu pour un ensemble d'œuvres connu sous le titre général de la Comédie Humaine, et qui mêle étude philosophique, sociologique, et roman, réutilisant souvent des personnages d'un roman à l'autre pour développer des thèmes particuliers. Son influence sur la littérature réaliste et naturaliste est manifeste dans les œuvres de Zola et Proust.

L'œuvre

Le père Goriot, publié en 1835, met en scène Eugène de Rastignac, un héros présent dans d'autres romans de la Comédie Humaine, et montre son ascension dans la haute société, à travers sa rencontre avec le père Goriot, un riche marchand qui s'est appauvri pour marier ses filles à de bons partis et couvrir leurs énormes dépenses. Alors que Rastignac s'établit dans la noblesse de Paris, tombant amoureux de Delphine de Nucingen, une des filles de Goriot, ce dernier s'endette toujours plus pour entretenir ses filles...

II. RÉSUMÉ DU ROMAN

Le père Goriot, ancien vermicellier[1], vit de ses rentes dans une pension tenue par Mme Vauquer, la Maison-Vauquer, qui emploie Sylvie et Christophe. Depuis son arrivée quelques années plus tôt, il s'est appauvri, vivant de plus en plus frugalement, et s'attirant les critiques et les moqueries de Mme Vauquer et ses autres pensionnaires, à cause des visites fréquentes de deux jeunes femmes qu'il présente comme ses filles.

Eugène de Rastignac est un jeune aristocrate provincial qui vit à la Maison-Vauquer, venu à Paris pour se faire une place dans la haute société ; sur les conseils de sa tante, Mme de Marcillac, il se présente chez sa cousine, la vicomtesse Clara de Beauséant, qui l'emmène à un bal, où il rencontre Anastasie de Restaud, qui lui semble désirable. Revenu à la pension ce soir-là, il voit le père Goriot faire des lingots de ses couverts en argent, en se lamentant, ainsi que d'autres bruits étranges, venant de la chambre de Vautrin, un autre pensionnaire.

Le lendemain matin, Mme Vauquer, Christophe et Sylvie discutent des bruits de la nuit, Christophe disant qu'on lui a aussi posé des questions sur Vautrin alors qu'il se promenait dans la rue ; on apprend aussi que Christophe a souvent été chargé par Goriot d'amener des paquets chez ses filles. Mme Vauquer mentionne que Goriot vient d'aller chez Gobseck, un usurier qui demeure rue de Grès ; de retour à la pension, Goriot envoie Christophe porter une lettre chez Anastasie de Restaud. Vautrin parle à mademoiselle Victorine Taillefer de ses problèmes d'argent (elle est la fille d'un riche bourgeois qui l'a déshéritée au profit de son frère, Frédéric Taillefer, et elle n'a donc pas de dot pour se marier), suggérant qu'il pourrait l'aider. Au déjeuner, Eugène apprend aux pensionnaires qu'il vient de croiser Mme de Restaud rue de Grès ; Vautrin suggère qu'elle visitait sans doute Gobseck, provoquant une lamentation de Goriot, qui devine qu'elle n'a pas reçu sa lettre à temps. Il semble que Goriot voulait rembourser les dettes d'Anastasie, et les pensionnaires s'interrogent : le père Goriot entretient-il Anastasie de Restaud ?

Le lendemain, Eugène se rend chez Anastasie, où il aperçoit le père Goriot, et rencontre Maxime de Trailles, l'amant d'Anastasie, ainsi que Monsieur de Restaud, qu'il impressionne par sa généalogie ; malheureusement, il mentionne Goriot, offensant les de Restaud, et doit partir. Il va

[1]Vermicellier : fabricant et/ou vendeur de pâtes alimentaires.

chez sa cousine, apprenant les détails de sa liaison avec le marquis Miguel d'Ajuda-Pinto (qui veut rompre avec elle pour épouser mademoiselle de Rochefide), et rencontrant la duchesse Antoinette de Langeais. Clara lui apprend qu'Anastasie de Restaud et Delphine de Nucingen sont les filles de Goriot, et qu'il s'est appauvri en leur donnant une dot et en payant une grande partie de leurs énormes dépenses. Clara lui conseille aussi de faire tout ce qu'il peut pour se faire une place dans la société, quitte à agir sans scrupules.

De retour à la Maison-Vauquer, Eugène dit aux pensionnaires que Goriot est désormais sous sa protection, puisqu'il est le père de Mme de Restaud. Eugène écrit à sa famille, leur demandant 1200 francs pour acheter de quoi faire son entrée dans le monde. Il se désintéresse de ses études ; entretemps, la Clara de Beauséant chercher à retarder le mariage entre d'Ajuda-Pinto et mademoiselle Rochefide ; Eugène en apprend plus sur la vie de Goriot : autrefois un vermicellier très habile en affaires, qui a fait sa fortune pendant la Révolution et la Terreur, c'est sa générosité sans limites envers ses filles, après la mort de sa femme, qui l'a forcé à vivre dans l'indigence.

Décembre. Eugène reçoit l'argent de sa mère et ses soeurs et achète des habits adaptés à la haute société.

Vautrin lui parle de son passé, et lui propose un marché : si Eugène peut lui donner deux cent mille francs, il lui rendra un million après avoir établi une plantation aux États-Unis ; pour obtenir cette somme, il suggère à Eugène de séduire et épouser Victorine Taillefer, et de lui faire rendre sa fortune par son père en faisant assassiner son frère Frédéric. Eugène est horrifié par la proposition, et refuse, mais Vautrin lui conseille d'y réfléchir, et lui prête de l'argent. Plus tard, Goriot apprend à Eugène que sa fille Delphine de Nucingen doit se rendre au bal du maréchal Carigliano le lundi suivant ; Eugène se rend chez sa cousine qui l'invite à dîner, puis l'emmène au théâtre des Italiens, où il voit Delphine.

Le marquis d'Ajuda-Pinto présente Eugène à Delphine ; Eugène complimente Delphine pour sa bienveillance envers son père, Goriot, et commence à la séduire, mais est interrompu par l'arrivée du baron de Nucingen, promettant de la revoir au bal des Carigliano. De retour à la Maison-Vauquer, Eugène parle avec Goriot, qui se lamente des mauvais choix de ses filles, mariées à des hommes qui ne leur conviennent pas, et jalouses l'une de l'autre ; Eugène lui apprend la rupture imminente entre de Marsay et Delphine.

Le lendemain, Goriot reçoit une lettre de Delphine, dans laquelle elle invite Eugène à venir partager sa loge au théâtre, et à dîner. Il trouve Delphine chez elle, seule et désespérée, et lui promet de lui prouver son amour par tous les moyens ; elle l'emmène au jeu, où il gagne sept mille francs, en donnant six à Delphine, pour qu'elle puisse rembourser de Marsay et rompre avec lui ; Delphine lui explique aussi que son mari, le baron, gère son argent à sa place, ne lui donnant qu'une somme dérisoire pour ses dépenses. De retour à la pension, Eugène raconte sa soirée à Goriot, qui désespère d'apprendre que Delphine a des dettes, et décide de lui donner encore plus d'argent ; Eugène lui donne les mille francs qu'il vient de gagner. Dans les jours qui suivent, Eugène fréquente Delphine, s'endettant au jeu, mais parvenant à renvoyer de l'argent à sa famille. Un soir, il commence à considérer la proposition de Vautrin, lorsqu'il se rend compte de l'affection que Victorine Taillefer a pour lui ; les voyant discuter, Vautrin met son plan à exécution sans l'accord d'Eugène.

Le lendemain, Mlle Michonneau et M. Poiret, deux pensionnaires de Mme Vauquer, parlent à Gondureau, un agent de police : ce dernier leur explique ses suspicions vis-à-vis de Vautrin, qu'il pense être un forçat évadé du nom de Jacques Collin, *alias* Trompe-la-Mort, à la tête d'une large organisation criminelle. Gondureau propose une récompense à Mlle Michonneau si elle peut droguer Vautrin et vérifier qu'il a bien un tatouage de bagne à l'épaule. Horace Bianchon, un ami d'Eugène, entend la conversation, avant d'entrer dans la Maison-Vauquer ; Vautrin arrive, annonçant un duel entre son ami Franchessini et Frédéric Taillefer, le frère de Victorine. Goriot rentre et révèle à Eugène qu'il vient, avec Delphine, d'acquérir un appartement, rue d'Artois, pour Eugène, qui pourra y vivre luxueusement. Il lui donne aussi une montre, cadeau de Delphine. Vautrin fait boire Eugène au dîner, pour l'empêcher d'aller prévenir Frédéric Taillefer. Eugène, ivre, s'endort, Victorine veillant sur lui ; Mme Couture dit à Victorine que le seul obstacle à un mariage avec Eugène serait la pauvreté de Victorine, un problème qui serait résolu si Frédéric « tombait de cheval ».

Le lendemain matin, un message arrive, annonçant une blessure grave de Frédéric Taillefer ; Victorine et Mme Couture se rendent chez M. Taillefer ; Mme Vauquer suggère qu'Eugène a fait un bon choix en cherchant à séduire Victorine, scandalisant Goriot. Mlle Michonneau drogue Vautrin, qui s'effondre en pleine conversation, et dévoile son tatouage à l'épaule. Eugène se promène, tourmenté par le plan de Vautrin, et croise Bianchon, qui lui parle de la mort de Frédéric Taillefer ; de retour à la pension, Eugène trouve Vautrin, en forme, parlant du duel. Bianchon mentionne le nom « Trompe-la-Mort », stupéfiant Vautrin, qui apprend la « trahison » de Mlle Michonneau. La police arrive pour arrêter Vautrin ; après l'arrestation, les pensionnaires disent à Mme Vauquer que, si elle ne renvoie pas Mlle Michonneau pour sa déloyauté, ils partiront tous. Mlle Michonneau part, annonçant qu'elle va vivre à la pension de Mme Buneaud, accompagnée de M. Poiret. Mme Vauquer reçoit une lettre de Mme Couture, annonçant qu'elle et Victorine s'installent chez M. Taillefer.

Goriot arrive en fiacre, emmenant Eugène à son nouvel appartement : Delphine le fait visiter, malgré ses doutes manifestes. Il accepte enfin l'appartement lorsque Goriot lui dit qu'il a tout payé. Eugène apprend que Delphine fait un procès à son mari pour récupérer ses biens. Après le dîner, Goriot et Eugène rentrent à la pension, et annoncent leur départ à Mme Vauquer, qui a déjà perdu plusieurs pensionnaires pendant la journée. Le lendemain, Eugène reçoit une invitation au bal de sa cousine Mme de Beauséant, qui lui demande d'amener Delphine. On entend des rumeurs au sujet d'Anastasie de Restaud : son amant Maxime de Trailles se serait endetté au jeu, et Anastasie aurait en partie payé ses dettes.

Le lendemain, Delphine vient visiter son père à la Maison-Vauquer, et Eugène entend la conversation depuis sa chambre : le baron de Nucingen a dépensé une fortune pour ne plus être capable de rendre la dot de Delphine, et promet de lui rendre le double si elle reste avec lui encore un an, en le laissant gérer ses affaires ; soit elle perd tout en partant tout de suite, soit elle regagne sa dot en restant un an. Anastasie arrive, expliquant à son père qu'elle a dû vendre ses diamants à Gobseck pour payer les dettes de Maxime, mais qu'il lui reste encore douze mille francs à payer. Le comte de Restaud a tout découvert et lui demande de signer la vente de ses biens. Anastasie demande à Goriot de l'aider, et elle et Delphine se disputent, finissant par se réconcilier alors qu'Eugène entre avec la lettre de change que Vautrin lui avait faite (chapitre 2), qu'il a modifiée, donnant douze mille francs à Goriot. Anastasie s'énerve de la présence d'Eugène, qui a entendu tous ses malheurs, et Goriot s'effondre sur son lit, de chagrin. Delphine demande à Eugène de l'accompagner au théâtre le soir même, et Eugène demande un diagnostic à Bianchon, qui lui dit que Goriot semble très souffrant. Au théâtre, Delphine apprend à Eugène que le marquis d'Ajuda-Pinto va épouser mademoiselle de Rochefide, et que sa cousine Mme de

Beauséant n'est pas au courant. Eugène passe la nuit avec Delphine dans son appartement. Lorsqu'il revient à la pension le lendemain, il apprend que l'état de Goriot a empiré, et s'occupe de lui avec Bianchon. Anastasie fait venir chercher de l'argent chez son père, et Delphine envoie une lettre à Eugène, se plaignant de son absence pendant la journée ; Eugène va la voir avant le bal de Mme de Beauséant. Elle est en train de s'habiller, et l'ignore quand il veut parler de son père, lui disant d'attendre la fin du bal.

Au bal, Clara de Beauséant reçoit ses invités malgré l'humiliation que lui impose le mariage entre le marquis d'Ajuda-Pinto et mademoiselle de Rochefide ; elle envoie Eugène chercher ses lettres chez d'Ajuda-Pinto, les brûlant lorsqu'il revient. Elle dit à Eugène qu'elle compte s'exiler en Normandie après son humiliation, et qu'elle va partir dès que la soirée sera finie. La Duchesse de Langeais vient la voir, ayant deviné ses intentions, et lui annonce qu'elle aussi compte quitter Paris, si elle ne parvient pas à arranger sa relation avec M. de Montriveau.

De retour à la Maison-Vauquer, Eugène trouve Goriot toujours mourant, qui a envoyé Christophe chercher ses filles, et se lamente de son échec. Eugène fait mettre sa montre en gage pour payer les soins de Goriot, puis se rend chez Anastasie : il est reçu par son mari, qui lui raconte son mépris de Goriot ; Anastasie lui explique qu'elle ne peut pas satisfaire les demandes de son mari, et qu'il ne la laissera pas aller voir son père tant qu'elle ne l'aura pas fait. Eugène va voir Delphine, qu'il trouve alitée ; elle lui donne de l'argent en apprenant l'état de son père, et se prépare, disant qu'elle le rejoindra à la pension dès qu'elle aura parlé à son mari. De retour à la pension, Eugène annonce la venue de Delphine à Goriot, et décide de faire changer ses draps, pour qu'il soit plus présentable. Goriot perd connaissance, et Bianchon annonce qu'il sera mort d'ici quelques heures. La femme de chambre de Delphine, Thérèse, arrive pour annoncer que Delphine s'est disputée avec son mari et s'est évanouie. Anastasie arrive, pleurant au chevet de son père, qui meurt enfin ; Anastasie est ramenée à son fiacre, et Eugène l'envoie chez Delphine.

Bianchon et Eugène organisent l'enterrement de Goriot à leurs frais ; à la cérémonie, seuls Christophe et Eugène sont présents. Après l'enterrement, Eugène contemple Paris, déclarant « À nous deux maintenant ! », avant d'aller dîner chez Delphine de Nucingen.

III. PRÉSENTATION DES PERSONNAGES

Eugène de Rastignac

Un jeune aristocrate provincial, qui se sert de ses connexions avec sa cousine, la vicomtesse de Beauséant, pour s'établir dans la haute société parisienne, en réalisant ce que sa tante appelle une conquête sociale. Étudiant en Droit au début du roman, son manque d'argent le mène à accepter la générosité du père Goriot, à participer à des jeux d'argent, et presque à prendre part à une conspiration mise en place par le criminel Vautrin. Motivé en grande partie par son désir pour les femmes parisiennes, il tombe amoureux de Delphine de Nucingen, après avoir été rejeté par Anastasie de Restaud, toutes deux filles de Goriot. Il développe une amitié avec le père Goriot, qu'il respecte pour ses sacrifices et sa bonté, et finira par s'occuper de lui pendant son agonie. Rastignac apparaît dans plusieurs œuvres de la Comédie Humaine, et devient après *Le père Goriot* un aristocrate très opportuniste.

Le père Goriot

Un ancien vermicellier, Jean-Joachim Goriot a fait sa fortune pendant la Révolution, et qui a fourni à ses filles des dots considérables pour qu'elles puissent épouser des hommes nobles et influents. Son amour intarissable pour ses filles l'a poussé à s'appauvrir, diminuant régulièrement ses rentes pour donner toujours plus à ses filles malgré leur ingratitude et leur honte grandissantes. D'abord respecté par Mme Vauquer quand il s'établit dans sa pension, il devient un sujet de ridicule et de moqueries lorsque Mme Vauquer réalise qu'elle ne pourra pas l'épouser, l'appelant désormais le père Goriot. Goriot meurt lorsque, ayant épuisé toutes ses ressources, il réalise qu'il ne peut plus payer les dettes de ses filles.

Delphine de Nucingen

Une des filles du père Goriot dont Eugène tombe amoureux après l'avoir rencontré au théâtre. Elle est mariée au baron de Nucingen, un Alsacien vulgaire que Goriot n'apprécie pas, et qui gère ses biens contre son gré, ne lui donnant qu'une somme dérisoire pour ses dépenses. Elle est la maîtresse de

De Marsay, avec qui elle rompt dès qu'Eugène l'a aidée à rembourser ses dettes. Elle semble aimer son père davantage que sa soeur, mais peut-être seulement en raison de l'amitié entre Goriot et Eugène.

Anastasie de Restaud

Une des filles du père Goriot, qui rejette Eugène dès que celui-ci lui parle de son père ; elle ne lui pardonnera son indiscrétion qu'à la fin du roman. Elle est la maîtresse de Maxime de Trailles, un jeune noble dont elle paye les dettes de jeu, allant jusqu'à vendre les diamants de la famille de son mari, le comte de Restaud.

Madame Vauquer

La propriétaire de la Maison-Vauquer. Son rôle dans le roman est de rassembler les personnages, permettant ainsi le contact initial entre Goriot et Eugène, et sa pension est aussi le lieu de la chute de Vautrin, lorsque l'identité de celui-ci est révélée.

Victorine Taillefer

Une jeune fille déshéritée par son père au profit de son frère Frédéric, que Vautrin décide d'aider à récupérer sa fortune, tout en conseillant à Eugène de la séduire. A la mort de son frère, tué en duel par Franchessini, sur les ordres de Vautrin. Elle quitte la pension avec Couture, pour s'installer chez son père.

Mme Couture

Une veuve, amie de Victorine Taillefer, qui veille sur elle, et l'accompagne pour devenir sa suivante lorsqu'elle récupère sa fortune.

Vautrin

Un ancien forçat nommé Jacques Collin et surnommé Trompe-la-Mort, pour ses crimes spectaculaires et dangereux. Pensionnaire à la Maison-Vauquer, il gère les fonds de criminels emprisonnés, entretenant leurs familles. C'est lui qui orchestre le duel entre Frédéric Taillefer et le colonel Franchessini, espérant faire un profit en rendant sa fortune à Victorine. Son arrestation, due à la « trahison » de Mme Michonneau, est un coup rude porté à la pension, puisque Mme Vauquer perd ce jour-là près de la moitié de ses pensionnaires. A noter que Vautrin est considéré comme le « premier personnage homosexuel de la littérature française » par de nombreux critiques, pour son attachement fréquent à de jeunes hommes et sa misogynie.

M. Poiret

Un pensionnaire de la Maison-Vauquer, connu pour sa tendance à répéter ce que les autres disent, sans apporter quoi que ce soit à la conversation. Il est en couple avec Mlle Michonneau, et part avec elle après l'arrestation de Vautrin.

Mlle Michonneau

Une pensionnaire de la Maison-Vauquer, qui aide la police à capturer Vautrin. Sa déloyauté pousse les autres pensionnaires à demander son expulsion, et elle part pour vivre à la pension de Mme Buneaud.

Charles le peintre

Un pensionnaire de la Maison-Vauquer, qui a lancé la tendance des autres pensionnaires à finir leurs mots par « orama », en référence au mot « panorama », formant des mots absurdes.

Christophe

Garçon de peine de la Maison-Vauquer, que Mme Vauquer envisage de renvoyer lorsqu'elle perd plusieurs de ses pensionnaires. Il est présent lors de l'enterrement de Goriot.

Sylvie

La cuisinière de la Maison-Vauquer. Elle discute fréquemment des activités des pensionnaires avec Christophe et Mme Vauquer.

Vicomtesse Clara de Beauséant

La cousine d'Eugène de Rastignac, qui l'introduit dans le monde et l'aide à rencontrer Delphine de Nucingen. Après sa rupture avec le marquis d'Ajuda-Pinto, elle décide de quitter Paris pour aller vivre en Normandie. Elle apparaît aussi dans d'autres romans de la Comédie Humaine, notamment *La Duchesse de Langeais*.

Duchesse Antoinette de Langeais

Une amie proche de Clara de Beauséant. Son amant est le marquis de Montriveau, et leur relation est au bord de la rupture à la fin du roman. Elle apparaît dans plusieurs œuvres de la Comédie Humaine, notamment *La Duchesse de Langeais*.

Famille d'Eugène de Rastignac

La mère et les soeurs de Rastignac (dont une s'appelle Laure), qui lui envoient de l'argent pour l'aider à faire son entrée dans le monde. Sa grand-tante, Mme de Marcillac, qui lui faire rencontrer Clara de Beauséant, sa cousine. Le père et les frères de Rastignac sont des personnages très secondaires, qui ne s'expriment pas dans le roman.

Horace Bianchon

Un étudiant en Médecine, ami d'Eugène. Dans un moment décisif, il prononce le nom de « Trompe-la-Mort » devant Vautrin, provoquant la colère de ce dernier, qui se sent trahi par Mme Michonneau, qui a aidé la police à le retrouver. Il s'occupe avec Eugène de Goriot lorsque celui-ci est mourant, payant même les frais de son enterrement.

Maxime de Trailles

L'amant d'Anastasie de Restaud, qu'Eugène jalouse dès qu'il le rencontre. Il perd des sommes considérables au jeu, et Anastasie l'aide à rembourser ses dettes, avant d'être à son tour aidée par le père Goriot, qui rembourse les siennes.

De Marsay

L'amant de Delphine de Nucingen au début du roman.

Marquis Miguel d'Ajuda-Pinto

L'amant de Clara de Beauséant au début du roman. Il décide de rompre avec elle pour épouser Mademoiselle de Rochefide, la nouvelle de son mariage humiliant Clara à tel point qu'elle décide de s'exiler en Normandie.

Comte de Restaud

Le mari d'Anastasie. Découvrant sa liaison avec Maxime de Trailles, il la force à lui céder le contrôle de ses biens. Il exprime sans remords son mépris de Goriot.

Baron de Nucingen

Le mari de Delphine. Un Alsacien qui s'est approprié la fortune de Delphine et ne lui donne qu'une somme dérisoire pour ses dépenses. Lui-même doit son argent à des escroqueries.

Thérèse et Constance

Les femmes de chambre d'Anastasie et Delphine.

Gondureau

Un agent de police qui charge Mlle Michonneau de révéler la vraie identité de Vautrin.

Franchessini

Un allié de Vautrin, qui lui a autrefois sauvé la vie. Il tue Frédéric Taillefer en duel pour permettre à Victorine de récupérer sa fortune, selon le plan de Vautrin.

Gobseck

Un usurier de la rue de Grès, qui prête régulièrement de l'argent aux filles de Goriot, et que Goriot rembourse. Il apparaît également dans *Gobseck*, une nouvelle de la Comédie Humaine.

IV. AXES DE LECTURE

La Comédie Humaine

Le grand projet littéraire de Balzac, la Comédie Humaine, a pour but une sorte d'étude sociale de la vie parisienne du XIXe siècle. Pour réaliser ce projet, Balzac fait appel à plusieurs techniques intéressantes : la réutilisation de personnages d'un roman à l'autre (Rastignac, la duchesse de Langeais, etc.), de longes descriptions presque scientifiques, et des intrigues centrées sur les tendances de certains membres de la société.

Ainsi, Eugène de Rastignac apparaît dans de nombreux romans de Balzac : *Le père Goriot* est techniquement sa première « aventure », mais pas sa première apparition, et montre comment, de noble de province idéaliste, il est devenu un aristocrate opportuniste, séducteur, et sans scrupules (voir sa première apparition, *Le bal des sceaux*, se déroulant un an après *le père Goriot*). De la même façon, le roman met en scène des personnages présents dans d'autres romans de la Comédie Humaine, comme Delphine de Nucingen, la duchesse de Langeais (héroïne du roman éponyme), Clara de Beauséant, le marquis de Ronquerolles (mentionné en passant, mais apparaissant par exemple dans *La Fille aux yeux d'or* et *Ferragus*). Cette interconnectivité entre les œuvres de la Comédie Humaine sert à lui donner un air d'authenticité, Balzac semblant alors décrire les aventures de personnes réelles, vivantes.

Les descriptions qui abondent dans le roman, en particulier au début du premier chapitre, ont un but similaire : le fait que Balzac puisse décrire des lieux parisiens, réels ou fictifs, donne l'impression qu'il n'est qu'un observateur des évènements qu'il invente, et c'est précisément la minutie des descriptions qui provoque cet effet, Balzac ayant l'air de décrire la réalité plutôt que d'écrire une fiction.

Enfin, les intrigues des romans de la Comédie Humaine, montrant en général toutes les bassesses des personnages (la façon dont les filles de Goriot exploitent sa générosité, et dont leurs maris ignorent le vieux vermicellier, par exemple) ou leur grandeur (l'attitude générale de Goriot), témoignent de cette intention de Balzac de faire une étude sociale par le biais de ses œuvres. La critique et l'éloge de la nature humaine, constants, sont réalisés par la description de personnages de tous milieux sociaux, tous les personnages étant capables d'actes de bonté ou de méchanceté.

Le père Goriot est donc un excellent exemple du grand projet de Balzac, la Comédie Humaine, grâce à ses personnages variés et ses sous-intrigues diverses, et est notamment un roman très important en ce qui concerne l'évolution du personnage de Rastignac.

La conquête sociale : le cas de Rastignac

Eugène de Rastignac est l'exemple parfait, dans la Comédie Humaine, de l'ascension sociale, passant de sa noblesse de province à la « vraie » noblesse parisienne, avec laquelle il a des liens relativement éloignés. Rastignac commence cette ascension dans *Le père Goriot*, et la poursuit dans de nombreux romans de la Comédie Humaine (*Illusions Perdues*, 1837-1843 ; *Le Cabinet des Antiques*, 1833 ; etc.[2]), devenant de plus en plus opportuniste et sans scrupules.

La grande motivation de Rastignac est d'abord de s'établir dans la haute société pour assurer sa fortune et celle de sa famille, sur les conseils de sa tante, Mme de Marcillac, pour s'échapper de la misère de sa vie d'étudiant. S'il compte au départ faire fortune grâce à ses études, il s'en détourne très vite après avoir eu un aperçu des femmes de la haute société parisienne, notamment lorsqu'il s'éprend de Delphine de Nucingen. Son ascension sociale est à partir de cette rencontre motivée par l'envie de continuer à fréquenter Delphine (voire de l'entretenir), tout en faisant sa propre fortune.

Rastignac essaie d'abord de parvenir à ses fins par des moyens légitimes, se faisant inviter à un bal grâce aux connexions de sa cousine, la vicomtesse de Beauséant, mais est vite confronté à des exemples divers de la vie parisienne, qui le poussent à progressivement abandonner ses scrupules :

____

[2]La chronologie de la vie de Rastignac ne suit pas l'ordre de parution ; ainsi, sa deuxième aventure est publiée en 1829, six ans avant *Le père Goriot*.

Anastasie, qui entretient son amant, Maxime de Trailles ; Delphine, qui a des dettes envers le sien, de Marsay ; Vautrin, qui lui propose de tuer le frère de Victorine Taillefer pour pouvoir s'approprier sa fortune. Le plan de Vautrin, cependant, est exécuté sans son consentement ; Rastignac n'a pas encore abandonné tous scrupules.

En effet, Rastignac est encore « innocent » pour la majorité du roman, notamment grâce à l'influence du père Goriot, qu'il considère comme un exemple de bonté incarnée, compte tenu de la façon dont il a entretenu ses filles ingrates pendant des années sans jamais rien demander en retour. Ce n'est que la mort de Goriot, à la fin du roman, qui le déleste vraiment de ses derniers scrupules, créant le personnage qu'il devient dans les autres romans de la Comédie Humaine, un manipulateur prêt à tout pour parvenir à ses fins.

Le père Goriot est donc particulièrement intéressant dans le cadre de la Comédie Humaine dans son ensemble, puisqu'Eugène de Rastignac apparaît dans un grand nombre d'oeuvres de Balzac, chaque fois plus opportuniste, et que *Goriot* présente la genèse du personnage, définissant son intention pour ses autres apparitions dans une phrase déclamée à la fin du roman : « A nous deux maintenant ! ».

Trompe-la-Mort : un personnage romanesque caricatural

Vautrin a de nombreux points communs avec Ferragus, un autre personnage de Balzac (voir *Ferragus, Chef des Dévorants*) : ils sont tous les deux des anciens forçats en fuite, vivant sous un faux nom, à la tête d'organisations secrètes, ainsi que des figures d'antagoniste pour leurs protagonistes respectifs (Eugène de Rastignac et Auguste de Maulincour), et des personnages presque « trop » romanesques.

Ainsi, Vautrin est un personnage haut en couleur : de son vrai nom Jacques Collin, il se fait appeler Trompe-la-Mort par ses complices ; il est bon vivant et généreux de son argent, charmant avec les femmes, et intimidant envers les hommes, n'hésitant pas à menacer Rastignac de lui tirer dessus s'il continue à l'insulter. Le complot qu'il organise pour obtenir l'argent de Victorine Taillefer est particulièrement impressionnant et romanesque : Vautrin fait assassiner le frère de Victorine, Frédéric, seul héritier de la fortune de M. Taillefer, pour que ce dernier se réconcilie avec sa fille, celle-ci pouvant ensuite épouser Frédéric, dont elle est amoureuse, parce qu'elle a enfin la dot nécessaire ; selon le plan de Vautrin, Frédéric pourrait ensuite lui donner deux cent mille francs, qu'il lui rendrait au quintuple une fois établi aux États-Unis.

Enfin, l'arrestation de Vautrin est marquée par un grand discours que fait Vautrin lui-même, non pour se défendre, mais pour clamer sa fierté et sa supériorité, jugeant Mlle Michonneau, qui l'a livré à la police, et assurant qu'il sera libéré dès qu'il le voudra. Loin de se repentir, Trompe-la-Mort adresse un nouveau défi à la société, tout en acceptant une défaite provisoire. Son assurance est telle que les autres pensionnaires de la Maison-Vauquer doutent de sa culpabilité même après son arrestation, notamment Mme Vauquer, qui s'était laissée séduire par Vautrin.

Ainsi, le personnage de Vautrin a un rôle très spécifique, celui d'apporter un côté plus romanesque à une œuvre qui, selon l'intention de Balzac, est plutôt une description de la vie parisienne (les « aventures » d'Eugène n'ont pour autre but que de montrer la grandeur et la décadence de la noblesse de Paris) ; à travers Vautrin, Balzac atteint un objectif double : rendre l'intrigue plus prenante pour le lecteur, et montrer un exemple extrême de la vie criminelle parisienne.

La Maison-Vauquer : un microcosme

La pension de Mme Vauquer, dans *Le père Goriot*, a plusieurs fonctions : du point de vue du commentaire social fait par Balzac, elle est un lieu presque cosmopolite, où des personnages de différents milieux sociaux vivent côte à côte ; du point de vue de l'intrigue, elle permet la rencontre des personnages principaux ; enfin, d'un point de vue dramatique, la Maison-Vauquer est le cadre des développements les plus importants de l'œuvre.

La rencontre entre Eugène de Rastignac et le père Goriot lance véritablement l'intrigue du roman, et n'est possible que parce qu'ils sont tous les deux pensionnaires chez Mme Vauquer ; de même, la rencontre entre Vautrin et Eugène, qui permet la restitution de la fortune de Victorine Taillefer, est entièrement due au fait qu'ils vivent tous les deux à la Maison-Vauquer. La vieille pension bourgeoise est donc une sorte d'outil qui permet à Balzac de faire avancer son roman d'un coup, après une longue exposition au début de l'œuvre (description de Paris, de la pension, des pensionnaires), et même chaque fois qu'il a besoin de faire progresser l'intrigue, comme lors de la mort de Goriot : chaque fois qu'Eugène rentre à la pension, l'état de Goriot a empiré.

La Maison-Vauquer est aussi un lieu où des gens d'origines sociales diverses ont pu se rencontrer : Vautrin, un ancien forçat en fuite ; Rastignac, un étudiant et aristocrate venu pour « conquérir » la société parisienne ; Goriot, un ancien bourgeois réduit à la misère ; Victorine Taillefer, une jeune fille déshéritée par son père, et Mme Couture, veuve d'un Commissaire-Ordonnateur[3], qui lui « sert de mère » ; Mlle Michonneau, une vieille fille[4], manifestement en couple avec M. Poiret, un vieillard dont on ignore l'ancien métier ; Charles, un peintre ; un employé au Muséum que Balzac ne nomme pas ; Mme Vauquer elle-même, une veuve un peu coquette, et ses employés Sylvie et Christophe ; divers étudiants de passage. Balzac utilise donc la Maison-Vauquer pour faire une étude de la société parisienne, en y installant des personnages de toute sorte, et qui n'ont en commun que leur manque d'argent ; il suggère par ailleurs une abondance de lieux semblables, en mentionnant la pension de Mme Buneaud, une rivale de Mme Vauquer.

Enfin, la Maison-Vauquer est le lieu de développements très romanesques, en particulier l'arrestation de Vautrin : en l'espace de quelques instants, la paisible pension est assaillie par la police, et son pensionnaire le plus haut en couleur est démasqué. Vautrin redevient Trompe-la-Mort, fait un grand discours proclamant sa supériorité, suggérant qu'il se « laisse » arrêter et ne restera pas longtemps derrière les barreaux. La mort de Goriot, de la même façon, et très romanesque : durant des jours, provoquant des délires, et provoquée par un choc émotionnel (la détresse de ses filles), son agonie est un moment extrêmement important pour Rastignac, qui décidera d'abandonner tous scrupules après l'enterrement de Goriot.

La Maison-Vauquer est donc un lieu hautement significatif dans l'œuvre, autant pour l'intrigue que pour le projet de la Comédie Humaine, un fait confirmé par le fait que la majeure partie du roman se déroule dans la pension, que Rastignac ne quittera qu'après la mort du père Goriot.

---

[3]Poste administratif dans l'Armée ou la Marine.

[4]Une femme âgée qui ne s'est jamais mariée.

Les vices de la haute société

Dans *Le père Goriot*, Balzac présente une image peu reluisante de la haute société parisienne : ainsi, de nombreux aristocrates sont endettés à cause de leur intérêt pour les jeux d'argent, certains sont des escrocs (le baron de Nucingen, en particulier), et absolument *tous* trompent leur conjoint. La multitude de vices des nobles parisiens, ainsi que leur immoralité, est un aspect très important de la Comédie Humaine, notamment dans les romans où Eugène de Rastignac apparaît.

La principale source de pauvreté du père Goriot est la façon dont ses filles dépensent des sommes colossales pour leur vie dans la haute société (robes, jeux, bijoux, etc.), remboursant les dettes de leurs amants (dans le cas d'Anastasie, qui paye les dettes de Maxime de Trailles), ou subissant les privations de leurs maris (dans le cas de Delphine, dont le mari gère la fortune et ne lui cède qu'une somme « dérisoire », d'un point de vue aristocratique, pour ses dépenses). Le baron de Nucingen s'endette lui aussi vers la fin du roman, pour se rendre incapable de rendre sa dot à Delphine, et Rastignac lui-même participe à des jeux d'argent, perdant et gagnant sans réfléchir. Le baron de Nucingen, d'après Delphine, a aussi fait sa fortune en achetant des terrains à bas prix, construisant des maisons de mauvaise qualité, avant de les revendre au prix fort, escroquant ses clients.

Les tromperies des aristocrates parisiens sont aussi un élément particulièrement important du roman : ainsi, les deux filles de Goriot ont chacun un amant (Maxime de Trailles pour Anastasie ; de Marsay, puis Rastignac pour Delphine), et leurs maris respectifs ont eux-mêmes des maîtresses ; la cousine de Rastignac, Clara de Beauséant, a elle-même pour amant le Marquis d'Ajuda-Pinto, qui la quitte pour épouser Mlle de Rochefide ; son amie, Antoinette de Langeais, est la maîtresse du marquis de Montriveau. C'est donc un monde de tromperies constantes que Rastignac parvient à rejoindre, et il utilisera même cette légèreté de mœurs à son avantage dans les autres romans dans lesquels il apparaît.

Suivant l'objectif principal de la Comédie Humaine, montrer la vie parisienne, Balzac présente dans *le père Goriot* une haute société dépravée, presque criminelle par certains aspects ; Rastignac, innocent et idéaliste, pénètre dans une société pleine d'immoralité et d'excès et qui, en définitive, sera responsable de la mort du père Goriot.

Un roman de sous-intrigues

Outre l'intrigue principale du *père Goriot*, qui raconte la conquête sociale d'Eugène de Rastignac, et qui concerne aussi les filles de Goriot, le roman est empli de diverses sous-intrigues qui concernent les personnages secondaires : les démêlés de Vautrin avec la police ; son complot pour obtenir l'argent de Victorine Taillefer ; les diverses liaisons des membres de la haute société ; enfin, certains détails, insérés pour donner un ton plus réaliste à l'œuvre, donnent lieu à leurs propres sous-intrigues.

L'intrigue concernant Vautrin est particulièrement développée (il a même droit à son propre chapitre, « Trompe-la-Mort ») : le criminel est, comme les autres pensionnaires, sujet d'une description détaillée au début du roman, et la façon dont il organise son plan pour tuer le frère de Victorine Taillefer est expliquée au fur et à mesure par Vautrin, à Rastignac (qui sert à ce moment de substitut au lecteur). Cette sous-intrigue se poursuit, allongée par l'hésitation de Rastignac à participer au complot, et Vautrin finira d'ailleurs par ne plus se préoccuper de son approbation. Ajoutant toujours plus de contexte au personnage, ce n'est pas pour la mort de Frédéric Taillefer, tué en duel apparemment honorable, que Vautrin est arrêtée, mais bien parce qu'il est fuite depuis des années, gérant l'argent de forçats emprisonnés, et dirigeant un véritable empire criminel.

Les autres sous-intrigues du roman concernent surtout les tromperies des personnages : toutes les grandes dames de la société ont un amant, et leurs maris ont des maîtresses, la plupart des personnages étant rassemblés par triangles amoureux : Les Nucingen et M. de Marsay, puis Rastignac ; les Restaud et Maxime de Trailles ; les Beauséant et le Marquis d'Ajuda-Pinto (plus tard, d'Ajuda-Pinto et Mlle Rochefide, et Clara de Beauséant forment un nouveau triangle amoureux) ; les Langeais et M. de Montriveau. Les tensions de ces nombreux couples ont des conséquences dans le roman : Delphine rompt avec de Marsay après l'avoir remboursé, avant de fréquenter Rastignac ; Anastasie pait les dettes de Maxime ; Clara et Antoinette rompent toutes les deux avec leurs amants respectifs.

Enfin, certains détails de la vie parisienne, mentionnés par Balzac pour donner l'impression d'un Paris vivant (idée fréquente dans la Comédie Humaine) : l'usurier Gobseck, à qui plusieurs personnages empruntent de l'argent ; les discussions des pensionnaires de la Maison-Vauquer, remplies

de réflexions inutiles et de diverses *in jokes*[5], notamment la manie d'ajouter
« orama » à tous les mots, une pratique lancée par Charles, le peintre :
ces conversations n'ont en général pas d'utilité pour l'intrigue, et servent
à établir le caractère des personnages et à donner un air de « vécu »
au roman.

Ainsi, *Le père Goriot*, en plus de son intrigue principale, présente de
nombreuses sous-intrigues dont les fonctions sont variées : dans le cas du
complot de Vautrin, il s'agit d'ajouter du romanesque au roman ; dans le
cas des tromperies des membres de la haute société, de montrer leur
débauche ; enfin, dans le cas des détails comme les mentions de Gobseck
et les conversations à la Maison-Vauquer, de donner une impression de
réel, pour confirmer l'exactitude des descriptions de la société française
telle que Balzac veut la montrer dans les romans de la Comédie Humaine.

____

[5]Plaisanterie que seul un certain groupe d'individus peut comprendre et apprécier.

Dans la même collection en numérique

Les Misérables
Le messager d'Athènes
Candide
L'Etranger
Rhinocéros
Antigone
Le père Goriot
La Peste
Balzac et la petite tailleuse chinoise
Le Roi Arthur
L'Avare
Pierre et Jean
L'Homme qui a séduit le soleil
Alcools
L'Affaire Caïus
La gloire de mon père
L'Ordinatueur
Le médecin malgré lui
La rivière à l'envers - Tomek
Le Journal d'Anne Frank
Le monde perdu
Le royaume de Kensuké
Un Sac De Billes
Baby-sitter blues
Le fantôme de maître Guillemin
Trois contes
Kamo, l'agence Babel
Le Garçon en pyjama rayé
Les Contemplations

Escadrille 80

Inconnu à cette adresse

La controverse de Valladolid

Les Vilains petits canards

Une partie de campagne

Cahier d'un retour au pays natal

Dora Bruder

L'Enfant et la rivière

Moderato Cantabile

Alice au pays des merveilles

Le faucon déniché

Une vie

Chronique des Indiens Guayaki

Je voudrais que quelqu'un m'attende quelque part

La nuit de Valognes

Œdipe

Disparition Programmée

Education européenne

L'auberge rouge

L'Illiade

Le voyage de Monsieur Perrichon

Lucrèce Borgia

Paul et Virginie

Ursule Mirouët

Discours sur les fondements de l'inégalité

L'adversaire

La petite Fadette

La prochaine fois

Le blé en herbe

Le Mystère de la Chambre Jaune

Les Hauts des Hurlevent

Les perses

Mondo et autres histoires

Vingt mille lieues sous les mers

99 francs

Arria Marcella

Chante Luna

Emile, ou de l'éducation
Histoires extraordinaires
L'homme invisible
La bibliothécaire
La cicatrice
La croix des pauvres
La fille du capitaine
Le Crime de l'Orient-Express
Le Faucon malté
Le hussard sur le toit
Le Livre dont vous êtes la victime
Les cinq écus de Bretagne
No pasarán, le jeu
Quand j'avais cinq ans je m'ai tué
Si tu veux être mon amie
Tristan et Iseult
Une bouteille dans la mer de Gaza
Cent ans de solitude
Contes à l'envers
Contes et nouvelles en vers
Dalva
Jean de Florette
L'homme qui voulait être heureux
L'île mystérieuse
La Dame aux camélias
La petite sirène
La planète des singes
La Religieuse

À propos de la collection

La série FichesdeLecture.com offre des contenus éducatifs aux étudiants et aux professeurs tels que : des résumés, des analyses littéraires, des questionnaires et des commentaires sur la littérature moderne et classique. Nos documents sont prévus comme des compléments à la lecture des oeuvres originales et aide les étudiants à comprendre la littérature.

Fondé en 2001, notre site FichesdeLectures.com s'est développé très rapidement et propose désormais plus de 2500 documents directement téléchargeables en ligne, devenant ainsi le premier site d'analyses littéraires en ligne de langue française.

FichesdeLecture est partenaire du Ministère de l'Education du Luxembourg depuis 2009.

Plus d'informations sur www.fichesdelecture.com

Notes :